청어詩人選 135

정동진역

윤경환 시집

역의 지붕 위로 갈매기 한 마리 날아들고 아담하고 한적한 역의 창문에선 해와 달이 서로 바삐 오가기를 반복한다 창문을 통해 비쳐오는 햇살 사이로는 옥수수 알갱이가 구수한 냄새를 풍기며 쏟아진다 푸른 숲이 전하는 바람보다 푸른 바다의 파도 소리가 먼저 새 아침을 깨우는 이곳 정동진

도서출판 청어

정동진역

윤경환 지음

발행처 · 도서출판 **청어**
발행인 · 이영철
영　업 · 이동호
홍　보 · 최윤영
기　획 · 천성래 | 이용희
편　집 · 방세화 | 김명희
디자인 · 김바라 | 서경아
제작부장 · 공병한
인　쇄 · 두리터

등　록 · 1999년 5월 3일
(제321-3210000251001999000063호)

1판 1쇄 인쇄 · 2015년 10월 20일
1판 1쇄 발행 · 2015년 10월 30일

주소 · 서울특별시 서초구 효령로55길 45-8
대표전화 · 02) 586-0477
팩시밀리 · 02) 586-0478

홈페이지 · www.chungeobook.com
E-mail · ppi20@hanmail.net
ISBN · 979-11-5860-362-5(03810)

이 도서의 국립중앙도서관 출판시도서목록(CIP)은 서지정보유통지원시스템 홈페이지
(http://seoji.nl.go.kr)와 국가자료공동목록시스템(http://www.nl.go.kr/kolisnet)에서 이용하
실 수 있습니다.(CIP제어번호: CIP2015026390)

정

동

진

역

시는 사랑이다.

아울러 시는 나 자신과의 대화이다.

시는 일생에서 가장 황홀하고도 가장 행복하며 가장 고결하고도 가장 순수하고 가장 아름다운 순간들을 글로 기록하는 행위이다.

시를 왜 쓰는가?

누군가의 아프고 고독하고 외로운 가슴을 달래고 치유해 줄 한 마리의 새가 되고픈 꿈.

또한 희망과 축복의 씨앗을 전하는 따뜻한 햇살이 되어 주고 싶은 소망.

이것이 내가 시를 쓰는 최선의 이유이자 사명이라 생각한다.

시인은 시를 쓰는 그 순간만큼은 순결한 마음을 간직할 줄 알아야 한다.

또한 고독하고 외로울 줄 알아야 한다.

누군가의 비를 막아줄 우산이 아닌 그 비를 부둥켜 함께 맞아줄 수 있는 그런 마음, 그런 사람이 될 수 있어야 한다.

이번 시집은 이러한 연유에 바탕을 두고 써졌다.

우리가 바쁜 나날 속에서 지나치고 잊고 살아왔던 사랑과 용기를 진술하게 전하고 싶었다.

독일의 시인 라이나 마리아 릴케는 젊은 시인에게 보내는 편지에서 '사랑은 우리가 최상의 노력을 기울여 성취하는 것이어야 한다'고 말하였다.

인간에게 있어 사랑은 생과 사로 이어진 절대적 숙명이자 과제이며 해답이 아닐런가.

사랑은 하나의 실타래와 같다.

자신을 진정 사랑할 줄 아는 자는 타인에게도 자애로울 것이며 더 나아가서는 자연과 우주와도 화합할 것이다.

더 많은 것을 경험하고 직접 몸으로 부대끼며 살아가기에도 바쁜 한창 나이인 20대에 시를 쓴다는 것은 결코 쉬운 일만은 아니었다. 때로는 무모한 일이라는 생각도 들었다.

하지만 시는 어느 순간 나에게 운명처럼 다가와 삶을 더욱 아름답고 풍요롭게 살아가는 데에 있어 많은 결실을 안겨 주었다.

서툴고 부족한 말들로 첫 시집을 출판하게 되었다.

둥지에서 알을 깨고 때가 되면 창공을 자유롭게 날아다니는 어린 새처럼,

이번 시집을 계기로 앞으로도 꾸준히 정진하며 사랑을 전할 수 있는 진솔한 시들을 쓰고 싶다.

끝으로 시집을 출판하는 데 도움을 주신 청어출판사에 감사의 말씀을 전하며 부디 책에 수록된 시들이 독자들의 가슴속에 위로와 이해, 용서와 나눔, 사랑과 용기를 북돋아줄 수 있기를, 그리고 모두가 행복한 삶을 살아갈 수 있기를 간절히 바라는 바이다.

윤경환

차례

1
그 어떤 말이
당신을 대신할 수 있을까

2
등대로 향하는 오솔길

3
네 품 안의 보석

4
자유의 노래

1
그 어떤 말이
당신을 대신할 수 있을까

누군가 그대의 이름을 묻거든
그대 계시는 곳 한편에 손 얹히며
난 침묵이라는 술 한잔 따라 올리려네

그 어떤 말이 당신을 대신할 수 있을까

누군가 그대의 이름을 묻거든
꿀벌이 탐내는 빨간 데이지 꽃 가리켜
난 기쁨이라 전하려네

누군가 그대의 이름을 묻거든
높은 집 돌담 사이로 자란 잡초를 바라보며
난 원망이라 부르려네

누군가 그대의 이름을 묻거든
창공 지나는 기러기 울음에 취해
난 슬픔이라 적으려네

누군가 그대의 이름을 묻거든
그대 계시는 곳 한편에 손 얹히며
난 침묵이라는 술 한잔 따라 올리려네

또 다른 이름, 우정

나를 너무 쉽게 부르지 마세요
요즘 세상이 나를 버렸다 치더라도
나를 잊었다고 생각 마세요
당신이 사랑하는 연인처럼
나도 그대를 한시라도 사랑하지
않은 적이 없습니다
다른 사람들이 냉정하게 뿌리치고
손을 잡아주지 않더라도
나는 그대의 손을 깍지 끼고
따뜻한 말동무가 되어 주겠어요
혹, 내 이름이 궁금하시다면
사랑의 또 다른 이름
우정이라고 불러주세요

감사

그대의 빛나는 머릿결은 내 가슴의 모래
그대의 새하얀 손가락은 내 가슴의 몽돌
그대의 맑은 눈망울은 내 가슴의 바다
그대의 앵두 입술은 내 가슴의 붉은 노을
그대의 향긋한 미소는 내 가슴의 꽃과 나무들
그대의 구슬픈 마음은 내 가슴의 외로운 섬
하지만
그대를 향한 사랑은 나에게 있어 감사의 전부이자 크나큰 별

내 곁에 꿈이 있다면

내 심장은 지금
바다를 가르며 노래하는
거리의 갈매기입니다
내 심장은 지금
햇볕에 주렁주렁 여물어가는
과수원의 열매입니다
내 심장은 지금
들에서 수줍은 미소 지으며
꽃망울을 터트리는 연분홍빛 철쭉입니다
내 심장은 이젠
거대한 도시가 되고
하나의 세계로 다시 태어납니다
이젠 머리로는 그 무게조차 가늠할 수가 없어
내 심장은
바람 불어올 때에
더욱 눈부시게 빛날
그런 별 하나를
내 곁에 심어다 주었습니다

사랑

별들이 뿔뿔이 흩날리며 반짝이네
호숫가에 앉아 감흥에 젖어도 보고
산야에 서서 노래도 해 보고
초원에 누워 쉬어도 가는
저 별들도 너무나 아름다우나
그중에서 존귀한 것 하나는
황량하고 쓸쓸한 밤하늘을 비추는
저 붉은 별일 따름이네
무엇을 꿈꾸는가 묻지를 말게나
그것은 사랑뿐이려니
무엇으로 성장하는가 묻지를 말게나
그것은 사랑뿐이려니
무엇으로 사는가 묻지를 말게나
그것 또한 사랑이려니

가시꽃

꽃에서
점점
가시가
돋아났다

마침
내 심장에선
붉고 뜨거운 피가
철철 흘러내렸다

그럴수록
꽃은
더욱더 붉어지고
깊고도 진한 향내가
전해져 오는 것이었다

그날은
하늘과 바다도
붉은빛 토하며
그렇게
물들어갔다

이보다 더할 나위 없으리

이보다 더할 나위 없으리
아침 햇살로 샤워를 하고
자작나무 숲길을 고요히 거닐으며
새와 함께 호흡할 수 있는
지상 최고의 날을

이보다 더할 나위 없으리
밤바다에 가득 찬 생명들의 향연
거대한 금색 은색 물고기의 파드득거림
이 모든 것을 내려다볼 수 있는
지금 이 순간을

이보다 더할 나위 없으리
추위와 공포로부터 피할 수 있는
그 무엇이 있다면
쓰디쓴 역경과 고통 속에서도
내 옆에서 함께 할 수 있는
그런 친구가 있다면

그대가 사랑하는 누군가에게

그대와 내가 오래도록 사랑하기를 원한다면
가을바람에 떨어지는 단풍잎처럼
때가 되면 뜨고 지는 해와 달처럼
어딘가로 힘차게 떠오르는 새의 날갯짓처럼
사랑의 마음에 자유라는 꽃 한 송이를 심어다 주어요
화창한 봄처럼 그대의 어여쁜 눈빛과 미소와 함께
항상 호흡하고 노래하고 싶어 사랑한단 말은 하지 마세요
자연은 지금 이 순간도 변화하니깐요
곧 추운 바람 불어오면 금방 시들어버릴 테니까요
그대가 내게 다가올 수 있다면
내 몸과 마음을 다 바쳐서 헌신하며
사랑할 수 있다고도 하지 말아주세요
그런 사랑이 때론 욕심을 가장한 위선으로 비칠 수도 있기
때문이죠
지배하고 소유한다는 것은 항상 감당하기 어려운 일이 생
기니깐요
내가 흘리는 눈물이 그대의 눈에는 그저 아름다운
꽃으로만 보일 수도 있기 때문이죠
우리가 정말 서로 사랑한다면
사랑으로 사랑으로부터 사랑을 받는 것이 아닌
사랑으로 사랑을 향하여 주는 사랑을 해주세요

사랑을 깊이 이해할 수 있도록
사랑의 꽃이 더욱 푸르게 돋아날 수 있도록
우리 서로의 생명과 영혼에
따뜻한 햇살과 서늘한 그늘이 되어 주어요

고백

축복을 빈다는 의미가
가을바람에 물드는 단풍처럼
이토록 깊고 진할 줄은 몰랐었어요

고맙다는 말 한 마디가
금세라도 터질 듯한 꽃망울처럼
간절하고 절실한 것이었음을 잊고 있었네요

미안하다는 낱말 하나가
붉게 물든 노을처럼
세상에서 가장 아름답고도 용기가 필요한 일임을 깨달았어요

사랑한다는 한 줄기 감정이
하늘과 맞닿은 푸른 바다처럼
끝없이 펼쳐져 있음을 이해하게 되었어요

이젠
고백하고 싶네요
나의 진실된 마음을
전하고 싶어요
나의 소박한 선물을

허락해주실래요
그댈 향한 변치 않을 사랑의 노래들을

나 가진 것 없으나

나 가진 것 없으나
그 누가 이익과 손해
얻은 것 잃은 것만으로
복잡한 하나의 인생을
판단하고 점칠 수 있으랴

단지 소박한 바람 있다면
가련한 마음 하나에
따뜻한 불씨가 되고 싶은 꿈
초췌한 육신과 영혼들에
한가락 밝게 지저귀는 새가 되고 싶은 꿈

휘날리는 깃발을 향해
힘차게 정진하면서도
하루하루 날마다
기쁨과 감사의 샘물이
마르지 않고 흘러가기를

옳은 것과 그른 것을
분간하고 헤아리어
한순간에 비참함을

담담하게 받아들일진대

먼 훗날에 영혼에는 부끄러움 없기를

신발을 한 곳에 벗어둔 채

신발을 한 곳에 두고
맨발로 흙길을 밟아보자
차가운 살결 사이로 전해오고 느껴지는
대지의 풍요로움을 한껏 가슴에 품고서

두 눈 지그시 감고서
귀로 들려오는 소리들을 오성으로 느껴보자
살랑살랑 불어오는 바람으로부터의 풀 소리와 잎사귀를
내면으로부터 점점 밝아와 오는 빛과 따스함을 맞으며

맑은 하늘을 향해
싱그러운 풀밭에 편안히 몸을 뉘어보자
밤하늘에 초롱초롱 떠 있는 푸른 별들의 향연을 바라다보며
그리고 무수한 세상의 아름다움들을 자각한 채

사랑도

비바람 무서워 꽃이 피지 않으랴
거친 파도도 잠잠해지기 마련이며
앙상한 나뭇가지에도 새롭게 싹이 튼다

슬픔이 아프다 하여 사랑하지 않으랴
흐르는 눈물 속에 마음은 단단해지고
그리움과 기억들은 사랑의 샘이 되어 흐른다

지나고 보면
시든 꽃에도 아름다움이 서려 있었고
사랑도
행복이란 진한 향기가 배여 있었다

선택

당신은 이중 선택을 해야 할 것이다

타인과 비교되는 삶을 살 것인지
나 자신만의 길을 개척할 것인지

사랑의 감정들을 메마른 황야처럼 내버려둘 것인지
해맑게 흐르는 강물처럼 끊임없이 일으킬 것인지

쾌락과 행복을 목적으로 삼을 것인지
지혜와 깨달음을 지표로 삼을 것인지

젊으면서도 허약하고 노쇠한 오늘을 살 것인지
늙었으나 건강하고 활기 있는 오늘을 살아갈 것인지

생각하고 구상만 하다 수포로 돌아갈 것인지
밀고 당기며 실천하고 행동하는 건설적인 삶을 살아갈 것인지

전반적인 삶들을 시기하고 비방만 할 줄 아는 낙오자의 길을
걸어갈 것인지
타인의 축복을 빌어주고 감사하고 기뻐할 줄 아는 철인의
길을 걸을 것인지

훌륭한 성품으로 아름다운 꿈과 재능을 펼칠 수 있는
즐겁고 행복한 자유인으로 키울 것인지
성공이라는 이름으로 명예와 이득을 취하기 위해
허영과 가면으로 세계인이라는 또 하나의 라벨을 달아줄
것인지

잊혀진 신

신은 살아 계신다
신은 죽었다
신은 허구에 불과하다

불어나는 밀물과 같은 무신론자도
오랜 시간 속의 고목과 같은 신봉자도
심지어 한 둘레의 토속신앙도
나는 비판하거나 부정하지 않는다

그 틀에서 알맹이를 찾는 논쟁이란
비겁하고 어리석다
그들의 어떤 말은
해답이자 정답이다

하느님의 말씀도
하나님의 말씀도
부처님의 말씀도
알라의 말씀도
우리가 아는 최고의 신은
두려움과 살기가 아닌
자비롭고 연민을 아는 그런 신

우리에게 정말로 중요한
지식과 안목들
그러나 그 무엇보다 귀한 것은
그 주체인 목적과 중심이다

누구나 사랑을 알고 있다
하지만 그것을 두루 사용할 줄 아는 이는 극히 일부다
사랑과 한맥인 인생 성찰, 정의, 자유, 환원
이러한 만고의 진리는 변함이 없다

현자들은 말한다
자신의 형제를 위해 자신의 것을 내줄 수 있는 용기
자신을 사랑하듯 남을 사랑할 줄 아는 마음
이러한 작은 것들 속에서
한때 신의 모습 발견하노라고

신은 살아 계신다
신은 죽었다
신은 허구에 불과하다

나는 모든 신을 믿고 의지한다

나는 모든 신을 믿지 않고 배척한다
나는 모든 신을 상상이나 공상이라 감회한다

우뚝 솟은 상층 탑에도
질 좋은 종이에 쓰인 글귀도
확고하고 탁월한 논리에도
그 속에서 우린
참된 진실을 찾기란 힘들다

당신은
무엇을 보고 듣는가
무엇을 말하며 느끼는가
무엇을 행하고 구상하는가

당신이 그토록 찾는
행복은
안녕은
진리는
예술은
어디에 있는가

신은 영원 속에 산다
신은 이미 거짓이다
신은 설화다

신은 살아계신다
신은 죽었다
신은 허구에 불과하다

우정

사투와 분란의 해방구
가난과 도탄으로부터의 양식
기쁨과 환희의 오랜 쉼터
새 역사와 개척의 훌륭한 그림자
운명과 시간의 중요 영역
노쇠와 여정에서의 든든한 영원의 동반자
보석과 황금처럼 영원한 광휘
위대한 사랑과 순정의 대체품
이 모든 것이 가능해지는 재산을 우리는
흔치 않은 우정이라 부른다

고향

첫 느낌은 황홀하고도 아름다운 것
우리가 기지개를 펴고 걸음마를 배우며 잠자리에 들던
풋풋함이 전해지는 그 정겨운 추억의 화폭
꿈속에 살았던들 어떻게 잊을 수 있으리

기타와 오디오를 실어라
그곳에서 노래할 수 있도록
배낭을 메고 페달을 밟아라
그곳을 돌아볼 수 있게

우리의 깊은 곳에는
하나씩의 둥지가 매달려 있다네
수만 리를 거슬러 오르는 연어들의
기운차고 정열적인 춤사위를 보라
하늘에 떠 있는 별들처럼
무수한 철새들의 질서 정연한 군무를 보라

책을 펴고 펜을 들어라
그곳을 보며 감격할 수 있도록
밥을 하고 모종을 심어라
그곳에 맑은 공기들을 먹고 마실 수 있도록

이별 아닌 이별의 노래

당신 곁에 나 없다고
하염없는 슬픔에 젖어 눈물일랑 흘리지 마세요
이제는 대낮의 육신이 아닌
밤의 어둠 속에서 볼 수 있는 영혼으로
이제는 그대의 붉은 입술이 아닌
그대의 가슴에
입맞춤할 수 있는 기회가 찾아왔거든요
생명이 없는 비석 앞에선
향긋한 꽃다발도
달콤한 술 한 잔도
그리고 아름다운 순간의 사진 한 장조차도
저에게는 이제 필요하지 않답니다
저는 죽어있어도 죽은 것이 아니며
실은 제가 그곳에 오래 머물지도 않기 때문입니다
그저, 큰 소나무 가지 위에 노래하는 새의 소리 들을 수 있다면
외로움에 문득 창문 밖 밤하늘을 바라볼 때에
그 위로 그대 얼굴 비추며 빛나는 큰 별 하나 바라볼 수 있다면
언제부턴가 정원의 나무 언저리에 새싹이 돋아나는 광경을
목격한다면
마음 내키는 대로 미소 한번 지어주고 해맑게 웃어주세요
저는 그대 알게 모르게 당신 주위에서 커가고 타오르고 휘

날리고 빛나고
또한 그대 위로 날아가고 있나니
잠자리에 들 때에 옆자리가 허전하고 그리움 엄습한다면
눈을 감고 내 귓가에다 속삭여 주세요
당신을 향한 이성과 사랑 그리고 심장은 영원히 변치 않고
살아있노라고
그대 가슴에 입맞춤할 수 있도록

2
등대로 향하는 오솔길

등대로 향하는 오솔길 따라 걷다 보면
바닥서 깊이 잠든 솔잎들 볼 수 있어
지그시 밟으며 지나가 본다

봄의 노래

햇살이 눈부신 아침
들판은 초록 향기로 그득하고
나비는 꽃밭에 취해 여념 없네

내 마음도 봄이 찾아왔네
붉은 꽃 한 송이가 피어났네
백 년의 사랑이 찾아왔네

맑고 고운 새소리
숲 속에 울려 퍼지면
나의 봄도
사랑을 흥겨이 노래하네

따스한 바람 불어와
잔잔한 물결 일으키면
나의 마음도
그대를 향한 사랑으로 한없이 너울지네

벚꽃 거리를 지나는 길

4월은 계절의 제왕
사랑스러운 아기의 미소가
사방에서 피어나고 돋아나는
거룩한 시간
하늘은 닫힌 돔을 열어
나팔을 분다네
대지는 따뜻한 빛깔로 화장하고
푸른 옷을 갈아입지

거리를 지나는 길
상쾌한 공기들이 마시며
미소와 웃음으로
천상의 축제를 즐기자
순결무구한 꽃잎들이
바람에 흩날리는 동안에

사랑은 한 가슴으로는
감당할 수 없는 것
새하얀 봄의 눈송이도
마침내
가장 절정인 순간에

대지와 입맞춤하지

떨어짐은 분리가 아닌
성숙함과 합일로 가는
요체의 과정
그만큼 자연도 사랑도
가능한 한 빨리
온전한 하나가 된다는 것

해운대 로망스

해운대 바다 바람을 온몸으로 맞이하며
저는 느낍니다
저의 영혼과 육체 속으로 스며오는
머나먼 곳으로부터의
부푼 꿈과 희망을
힘찬 날갯짓을요

저는 또한 보았습니다
비린 향내를 잠재울 만큼
아름다운 자태와 짙은 광채로
돌과 잡초들 사이에서 피어있는
사랑 그 자체를요
바로 그대라는 꽃을요

동백섬 해맑게 꽃망울을 터트리기 시작한
울창한 나무들과 조우합니다
만나기 전 한 가지 조심할 것이 있습니다
그대의 가슴속에 어느새 자리 잡은
웃음과 설렘 평온이라는 바이러스를요

해 질 무렵

해안 절경을 바라다보며 깨달았습니다
높이 치솟은 빌딩과 길고 화려한 광안대교보다도
너울거리는 파도 속에 물들어 있는 저 태양이
이 지상에서 가장 높고도 넓게 비추고 퍼져 있음을요
그리고 또 하나 발견하였습니다
그 속을 헤엄치며 파닥거리는
우리의 빛나는 사랑도요

바캉스

떠나자
솔바람이 나부끼는 푸른 대청으로
흥에 취하자
맑고 고운 가락 들려오는
자연을 벗 삼아
발을 담가보자
한 겨울이 고스란히 녹아든
계곡물속으로

떠나자
태양의 열기와 정열을 삼키로
몸을 던지자
수만 개의 은구슬이 쏟아지고
물결치는 파란 도화지 위에서
불러보자
파도와 바닷새의 화음에 맞추어
상쾌한 바람의 노래를

떠나자
나 자신에 이르는
깊고도 먼 길을 향하여

쉬어가자
내 영혼의 걸음걸이에 발맞추어
첨가하자
사랑과 감사 희망이라는
거름과 양분을

화창한 봄날 이른 아침에

화창한 봄날 이른 아침에
숲 속을 거닐다 보면
나를 문득 바라보며 손 흔드는
붉은 꽃과 열매들을 보게 되리라

이것은 한밤중 태양이
대지를 흠모하며 노래하곤
실수로 이리저리 흩어놓은
자신들의 씨앗이련가

하지만 나에게는
그대의 두 뺨에 익어가는
열매를 바라보는 것이
더욱 행복하나니

그 어떤 천상의 열매와 비교하리
나의 사랑과 노래를 머금고 자라는
붉은 그대를

물이라는 슬픔은 슬픔이란 물은

슬픔은 물처럼 서서히 흥건하게 내부로 스미어든다
우리에 오감의 성문을 방망이질하며
그 좁은 틈 사이로 우리의 감각들을
잔인하게 조금씩 해체해가며 좀 먹어 들어간다
물이라는 슬픔은 슬픔이란 물은
바람과 태양의 노래 속에서
더러운 분비물을 토해가며
그 틈 사이에서 새로운 꽃을 창조해낸다
살아간다는 것은 외로운 것이기에
눈물 없는 희곡이란 애초에 없었기에
사랑도 상처받고 그 아픔 속에서 아물며 붉어진다
고통 없는 상처 없는 사랑은 진정한 사랑이 아니었기에
물이라는 슬픔은 사랑이란 마음은
더러운 구정물 속에서 새로운 연꽃을 피운다

불나비

나그네야
제 날갯짓에 덧없이 불탄다 말하지 말라
우리는
처음부터 헤집고 부수어야
살아갈 수 있는 존재일 뿐이어라

우리는 부르지 않았으리
풀과 나무의 표면에 남아
잠들고 온종일 붙어있었더라면
그 영광과 생명의 이름들을

활짝 빛나는구나
다채로운 꽃밭에서
황홀하구나
은은한 꽃향기에 묻어난
나비의 날갯짓이

쉬이 모르리라
그 아름다운 순간들 속에 깃든
나비의 숙명과 비운을
피할 수 없으리라

그 시련과 변화를

그래도 너는 나비
자유롭게 제 힘껏 펄럭이며
사방에 달콤한 꽃가루를 흩날리고
태양과 바람의 자식으로 살아간
끝끝내 불타버린 고결한 영혼

사랑도 인연도 삶의 열정도
싱겁게 어렴풋하게
작은 틈 사이로 비쳐오지 않는다
불나비처럼 활활 불타고 불사르며
큰 대문을 통해 광명을 맞이할 뿐

사막 길가에 서서

수일 내에 끝날지도 모를 발자국을 드리우며
흐릿하게나마 꺼지지 않는 하나의 둥근 불빛 아래서
마른 낙타와 함께 사막의 모래를 밟는 이 밤
그 누구의 노랫소리도 거대한 형상도 보이지 않는다

어둠의 바닷속에서 고독과 의혹이 피어난 날
고요한 이 순간을 소리 내어 말하지 않으려니
붉은 깃발도 없이 눈부신 오로라가 보이는 이 시간은
오랜 시간 흘러 길 가던 나그네의 귀중한 나침반

가을 하늘

봄바람 일듯
대지의 맑음을 느끼시려거든
봄에 여행을 떠나보아요
그러나
하늘의 싱그러움을 감상하고 싶으시거든
단풍 물드는 가을이 제격이랍니다

고갤 들어 한번 들여다보아요
가을 하늘 저 너머엔 무엇이 있을까요
우주와 수많은 별들이 있는 것도 사실이에요

하지만 때론
가던 길 발걸음을 잠시 멈추고
뒤를 돌아볼 때도 있어야 한답니다

드넓은 마음의 눈으로 가을 하늘 아래를 들여다보세요
두루미와 오리 떼가 비행하는 하늘 사이로
우리의 사랑도 점점 더 빨갛게 물들어 간답니다

당신의 귓가엔 들리나요
새들의 능숙한 노랫소리가요

제 귓가에는
또 다른 노랫소리가 들려오네요

가을 바람이 만들어내는
거리마다의 바스락 바스락거림
그리고 우리 두 사람이 만들어 가는
더없이 황홀한 하나의 가슴도요

편지 쓰기 더더욱 좋은 계절이 다가왔네요
저는 펜을 들어 잉크를 찍다
글쓰기를 이내 중단하였습니다
그대가 내게 선사한 축복에 비한다면
나의 마음은 너무나도 초라했기 때문입니다

하지만
저의 변함없는 진실은 받아주길 바라요
하나의 어여쁜 꽃 한 송이가 아닌
깊고 드넓은 평온한 풍경처럼
당신 곁에 오래 머무르고 싶은 저의 마음을요

따뜻한 국화차 한 잔하고서

저와 잠시 가을 거리를 거닐어요
가을 하늘을 도화지 삼아
'사랑한다' 라는 네 글자를 써다 전해 줄
더할 나위 없는 준비가 되어 있거든요

단풍나무가 보이는 공원에서

햇살 비추는 아침
단풍나무가 보이는 공원 길가에서
그이와 잃지 않을 추억을 남겼죠
그이는 해 맑은 미소와 눈망울로
나에게 황혼이 오는 그 순간까지도
한 떨기의 붉은 꽃잎이 돼 주었죠
나는 고백하였죠
영원히 이 순간을 간직하고 싶다고
그이는 답하였죠
액자 속에서 스쳐 지나갈 추억이 아닌
네 자신을 사랑할 수 있는 그런 거울을 걸어 두라고
스무 살 청년인 나는 그 말을 이해할 수 없었죠
이렇게 겨울이 오고 나서야
난 눈물을 흘립니다
난 눈물을 흘립니다

지지 않는 꽃

따스한 햇살 속에
피어나는 꽃들
정말로 아름답고 사랑스러워

추운 겨울
차가운 눈바람 맞으며
움츠린 가슴을 활짝 펼치는 꽃들 또한
너무나도 존귀하고 찬란하다네

봄이 가고 겨울이 가도
향긋한 광채 잃지 않고
오래 지지 않아 살아 있는 꽃은
그대의 얼굴에 띤 사랑스러운
미소뿐이라네

흙

아담의 어리고 가녀린 손에 노닐던 흙은
여전히 신비하고도 넓은 아량을 가졌지
흙을 보고 있노라면
내 살결은 물론 가슴까지도 따뜻해지느니
흙을 만지노라면
그 무엇도 아쉬울 것 없고 부러울 게 없었지
어린 시절엔
오늘날
어른의 창가에는
전쟁과 선 긋기로 물든 흙만이 보일 뿐이나니
어린아이의 창가에 비친
뿌리 깊은 생명과 기름진 토양은 어디에 있을까
어머니로부터 물려받은 흙의 온기는
어른의 내부에도 살아있나니
훗날, 나 또한 흙으로 돌아가리라
어린아이의 미소와 동심을 머금고

둥근 달(滿月)

구름 품 안으로 숨어든 둥근 달 하나
어디로 갔을까?

……

말하기도 무섭게

다시 샛노랗게 차오르며
가을 하늘에 풍성히 여물어 가는 둥근 달 하나

아뿔싸,

그것은 그리움이었네

추석

설이 되면
나의 길을 터주시던
강건한 아버지의 모습을 발견하고

추석을 맞이하며
나를 한 아름 품에 안아주시던
자상한 어머니의 모습을 만나게 된다

세상의 어둠과 슬픔이여 오라
지상의 낙원과 천상의 멜로디여
어서 이리로 오라

그대의 마음을 한 움큼 쥐고 와서
자연이 내린 이 젖줄 아래서
두 손으로 복을 빚고 은혜를 노래하자

정적한 어두운 밤하늘에서
때마침
그 결실이 무르익으면
서로의 불빛을 밝히며
손에 손잡고서 춤을 추자

고난과 역경
환희와 기쁨을 노래하며
빙빙 춤추자

감사와 사랑으로
풍성한 앙금이 터져 나올 때까지
밤하늘을 밝히자

참새가 즐겁게 지저귀고
초원의 말총이 힘차게 휘날릴 때까지
달과 이삭
영혼과 자연의 모든 것들에 대해
희망을 노래하고 춤으로 어둠을 밝히자

가을

스산한 바람 창가로 불어올 시간
나무의 풍성한 머릿결은 황금빛 결 흩날리며
태양 향해 수줍음 미소 띠기에 바쁘려니
나날이 늘어나는 붉은 보석들로 등이 휘어질 듯
그러나 나무의 오랜 세계에도 영원함은 없으니
사랑 또한 세월 속에 변치 않을 수는 없으리
먹구름 몰려오듯 빛나던 머릿결 또한
과거의 영화를 노래하게 되리라
하지만 그대가 밟고 있는 대지를
예쁜 비단들로 단정히 수놓을 수만 있다면
이 또한 헛되지만은 않으리라
이 또한 헛되지만은 않으리라

등대로 향하는 오솔길

등대로 향하는 오솔길 따라 걷다보면
바닥서 깊이 잠든 솔잎들 볼 수 있어
지그시 밟으며 지나가 본다
그 느낌 솜처럼 푹신하고 정겨워
차가운 발을 감싸 안듯 온정 깊어라
그이와 이 기쁨 함께 하고 싶어
그대의 숲 속을 찾아 거닐었으나
그곳엔 차가운 빙판만이 덩그러니 있을 뿐이어라

크리스마스

불어와 오네 저 머나먼 곳에서
다가와 오네 저 밤하늘의 별에서
정적에 잠기며 침묵을 지키던 푸르스름한 입술이
마침내
눈부신 은빛 물결처럼 생기로 돋아나는 모습들을

사람들은 저버렸다네
전날 밤 밤하늘에서 흩날리며 빛나던 저 붉은 꽃잎들을
꽁꽁 얼어버린 저 대지 또한 생명을 다했다네
산과 들을 요동시키던 따뜻하던 그 울림들
이젠 들을 수 없네

태양의 눈부신 광야는 언제쯤 비쳐오는가
아득한 곳 멀리서 날아오르는 하늘로부터 찾아오는가
너울 치는 파도 속에서 번뜩 힘차게 솟아오르는가
나는 그 답을 알 수 없지만
반쯤 열린 허공 사이로
차가운 바람을 맞는 저 심장은 알리라

불어와 오네 저 머나먼 곳에서
다가와 오네 저 밤하늘의 별에서

정적에 잠기며 침묵을 지키던 푸르스름한 입술이
마침내
눈부신 은빛 물결처럼 생기로 돋아나는 모습들을

자연찬가

한 점으로 왔다가 한 점으로 돌아가듯
나도 자연으로 돌아가리라
삶이라는 길에서
가장 기쁜 일이 있다면
태양 아래서 몸을 누이고
푸른 초목 위에서 노래하는 것
새 아침이 밝아오면
산천의 약수에 목을 축이고
꽃밭에서 취해보리라
지저귀는 새가 있다면
사랑을 읊조려 보리라
따뜻한 봄바람 살랑살랑 불어오면
활기차게 기지개를 펴보리라
밤이 오면
밤하늘의 비단에 수를 놓아 보리라
휘영청 밝은 달 비춰면
아는 이 모르는 이 모두 손잡고
바둑이와 누렁이 붙든 채
한바탕 춤춰 보리라
그리고 말하리라
자연으로 피어나 자연으로 지니
행복하였다 말하리라

3
네 품 안의 보석

하지만 보석이라는 건 소지함에
그 기쁨은 홀연히 사라지고 시들기 마련이지
너 또한 그것을 간혹 들추어서
사라져 버렸으면 좋겠다고 소리칠 때도 있을 거야
그럴수록 넌 그것을 더욱 보호하고 매만져야 한단다
왜냐하면 그것은 너에게
단 하나뿐인 소중한 보석이기 때문이지

큰 나무

참다움으로 거름과 씨앗을 뿌리고 나서
아집과 이기심이라는 병균을 제거하며
사랑이라는 따스한 햇살을 통해 키우고
때로는 자기희생이라는 양분을 주며 보탬이 되고
내가 너희에게 그러하였듯 그들에게도 자비를 베풀라는
격언을 아로새겨 한 줄기 바람이 되어
좀 더 나은 세상을 향한 손질과
한 사람에게라도 은인으로 기억되는
정성을 통해 가꾸어 내면
어느새 행복이라는 큰 나무로 성장합니다

옥천사에서

혼잡하고 넌더리나는 사슬과 공식들
오늘 하루쯤은 잊고 살아가고파
광채 찬란하게 빛나는 일주문을 지나
잔잔히 넘실대며 한올 한올 음을 튕기는 계곡물이 내려다
보이는
연화산 산자락 연꽃처럼 아담하게 피어난 이곳 옥천사에
올랐어라

천오백 년이 넘는 길고 긴 세월 속에서도 온갖 탐냄과 유혹
을 이겨낸
그윽하고 진한 향기 품어내는 푸르고 울창한 수풀이
천고의 이슬처럼 방울방울 백수정 토해내는 장대한 물길이
꽃다운 향기가 점점 불어난다는 웅장한 형체의 자방루 문
짝 사이로
슬며시 날아들어 으레 들보 속에 화려한 치장으로 잠들었나니

공허한 이내 가슴에도 은은한 향냄새 풍기어 오기를
대웅전 앞뜰 정문에서 심원한 눈빛으로 내려다보시는 부처
님께 합장하고
아직 씻기지 않은 거북함과 집요하게 내려앉은 티끌들은
끊임없이 샘솟는 옥샘의 신통한 정기 한 모금 마시매

얽매임 없는 가벼운 발자국과 평온하고 고요한 자취로
오늘 후에 다가올 더 나은 오늘에서도 한결같은 동이 트기를

안개

새벽하늘엔 안개 가득하니
인적 소리 들리지 않고
새들 또한 어디론가 사라졌다네

안개 자욱한 수평선에는
외로운 고깃배와 어부의 모습만이
항구 사이로 희미하게 보일뿐이네

모든 것이 희미하다고
입으로 소리 내어 말하지 말라
모든 것이 부질없다고
머릿속으로 되새기지 말라

바탕이 저리도 하얗고 어두우니
지상의 공간이 이토록 빛나느니
먹구름이 그치고 나면
다시 태양이 비춰어 오는 까닭이라

옥포해전

임진년 충무공이 왜적을 격퇴하실 제
이곳 옥포에서 첫 승전을 거두었도다
그 쾌담은 해와 달이 바뀌고 비와 구름 거쳐도
해안에 들려오는 파도 소리처럼
매섭게 퍼져가다 천년의 소문이 된 지 오래나
옛 천군의 함대는 비린 바람과 함께 홀연히 사라지고
선조의 뇌성은 하늘까지 이르러 한 줄기의 빗물 되어 쏟아지니
돛대에 휘날리던 영광의 깃발은 바다에 드리워진 달빛이
아닐런가
빗발치는 화살과 포탄의 자취는
이름 모를 물고기가 그 주인 되어 바다를 가르고
해변의 몽돌에 스며든 핏자국과 바위에 고인 핏물은
이젠 그 흔적도 없이 강태공의 발소리만 들려올 뿐이니
옥포 앞바다 양지암 바우*는
어부의 노랫소리와 어선 드나드는 뱃고동소리로
아득한 바다의 아침을 깨우누나

그 벽력은 신화 되어 입과 입으로만 전해올 뿐이니
이 고장의 옛 영광과 아픔을 바다를 맴돌아 포구로 날아드
는 저 갈매기는 알까나

*바우: '바위'를 일컫는 경상도 토종 방언

문경새재

새재 길 거닐어 보니
서울로 상경하던
옛 도인과 선비들에
시와 노랫소리 끊이지 안 누나
높고 푸른 봉우리마다
구름 날아들어 노닐고
그 아래 깊은 골짜기엔
천삼백 리 젖줄이 세차게 흘러드네
소백산의 장대한 정기는
삼관문에 고즈넉이 서려있고
웅장하고 거대한 기암괴석과
겹겹이 둘러싸인 푸른 노송은
한 폭의 꿈과 같아라
매미 울음소리
점점 깊어도 가고
맑은 바람 맞이한 채
차가운 물소리 경청하니
한낱 시름 어디메뇨
이 한 몸 오고 가는 길 깊고도 멀기만 하나
하늘과 땅으로 이어진 이 길이
곧 내 길임을 알겠네

송광사

소백산의 끝 줄기가
이곳 조계산에 당도하니
포근하고 아늑하게 둘러쳐진 산봉우리 아래
푸른 연꽃이 피어 있어라
청량각 아래 시냇물은
옥구슬처럼 부드럽게 흘러가고
고요하고 깨끗한 수림은 정취를 돋우네
삼청교에 들어서니
맑고 고운 물에
전심이 환하게 비춰고
우화각 처마에는
천년 묵은 봉황의 날개가 서려 있도다
본전에 앉아계신
삼존불의 그윽한 눈 바라보니
은은한 향내가 이내 마음속까지 풍기어 온다

탑골공원

초침의 분주한 몸짓에
천 조각은 삭아가고
종이는 좀 먹었으나
수도 서울 정기 어린
저 북한산은 알 리요
넓은 가슴팍으로 품어 오던
저 고궁들 또한
그 기억들 되새기리라
1919년 3월 1일 대낮 2시
여기 탑골공원에서의
첫 등불을

성급한 눈꺼풀은 이미 감기고
살아 움직이던 관념들
잠잠하게 깊은 잠을 청하나
땅 속의 기름으로 남은 채
평화와 자유를 노래하는구나
이 터전을 굽어보며 지나던 저 구름떼
이 사실을 알고 있다네
45년 광복의 기쁨에
80년 민주화 항쟁의 울분에

88년 올림픽의 잔치에
02년 월드컵의 축제에
대한민국에 일제히 울리던
나팔고동의 효시는
1919년 3·1운동
대한 독립 만세로
국토 강산에 울리던
천둥과 북소리라는 천명을

탑골공원에 있노라면
팔각정에 발을 들여보라
호국 영령들의 당찬 웅변이 들리어온다
어느새 나 자신의 감정이 북받치어온다
백탑을 유심히 들여다보라
선조의 오랜 염원이 살아나듯 물결친다
수많은 상처와 흉터의 자국 속에
견고하게 쌓아올린 불굴의 의지가
태양을 향해 늠름하게 솟아있다
공원을 거닐어 보라
나무와 꽃들 사이로 가슴이 푸근해지려니
맑은 바람들 사이로 태극기 휘날리려니

해금강

창창한 바닷길은 하늘과 맞닿고
잔잔한 물결은 천지를 평안케 하네
수 리마다 펼쳐있는
섬과 바위는
푸른 비단에 수놓은
고운 보석 같아라
깎인 벼랑에 천년송은
금세 하늘 날듯 뻗쳐 있고
섬 아래 동굴은
별세계로 들어가는 대문일레라
바다 위로 해 떠오르니
사자바위 포효하고
해는 별안간
해금강 소나무에 걸터앉네
서불*이 이끌던 대함의 자취는
바다 깊이 잠들고
포구로 오가는 한가한 고깃배와 유람선이 그 자리를 대신하네

*서불(徐市)[서복(徐福)]: 중국 진(秦)나라 때의 사람(?~?). 진시황의 명
으로 동남(童男), 동녀(童女) 3천 명을 데리고 불사약(不死藥)을 구하러
바다 끝 신산(神山)으로 배를 타고 떠났으나 다시 돌아오지 않았다 한다.

구조라 샛바람 소릿길

그대의 마음에 들러붙은 서글픔들과 쓰라림으로 눈물 스미
며 찢어질 듯 아파 올 때면
바람도 잠시 머물러 들렀다 가는 이곳 샛바람 소릿길을 거
닐어 보라
응어리진 비애와 차가운 한숨들 저 멀리 날아갈 수 있도록

바람에 나부끼는 대나무숲 푸른 이파리들이
서로 부둥켜 아픈 가슴을 달래 줄 것이다
그대의 애통과 슬픔들 잦아들고 잠식하는 그 순간까지
더 강하고 세차게 더 요란히 함께 울어 줄 것이다

그대의 마음에 들러붙은 서글픔들과 쓰라림으로 눈물 스미
며 찢어질 듯 아파 올 때면
바람도 잠시 머물러 들렀다 가는 이곳 샛바람 소릿길을 거
닐어 보라
응어리진 비애와 차가운 한숨들 저 멀리 날아갈 수 있도록

가냘프게 우뚝 솟아 강철처럼 곧은 심성으로
때 묻지 않아 마디마디 푸른빛 감도는 줄기의 진실됨으로
그대의 건조한 음성에 대한 답으로 차가운 살결로 다가올
것이다

아픔과 상처가 속히 치유될 수 있도록 다독거리며 함께 귀
기울여 주리라

그대의 마음에 들러붙은 서글픔들과 쓰라림으로 눈물 스미
며 찢어질 듯 아파 올 때면
바람도 잠시 머물러 들렀다 가는 이곳 샛바람 소릿길을 거
닐어 보라
응어리진 비애와 차가운 한숨들 저 멀리 날아갈 수 있도록

그대의 고통이 조금이라도 가실 수 있도록
마음 놓고 소리 높여 울부짖고 슬픔이 하늘 가득 퍼지도록
비밀의 사연 담긴 그대의 처진 어깨와 검은 그늘을
햇살 배인 울창하고도 아늑한 품으로 끌어다 품어줄 것이다

그대의 마음에 들러붙은 서글픔들과 쓰라림으로 눈물 스미
며 찢어질 듯 아파 올 때면
바람도 잠시 머물러 들렀다 가는 이곳 샛바람 소릿길을 거
닐어 보라
응어리진 비애와 차가운 한숨들 저 멀리 날아갈 수 있도록

솟대가 보이는 소릿길 언덕에 올라

망망대해 바다가 보이는 곳을 향하여
환성을 지르고 훌훌히 털어 보아라
그대가 가진 모든 아픔과 비통함이
까마귀의 비상과 함께 저 멀리 떠나갈 수 있게

그대의 마음에 들러붙은 서글픔들과 쓰라림으로 눈물 스미
며 찢어질 듯 아파 올 때면
바람도 잠시 머물러 들렀다 가는 이곳 샛바람 소릿길을 거
닐어 보라
응어리진 비애와 차가운 한숨들 저 멀리 날아갈 수 있도록

용선 노 젓기 시합

하늘에 떠 있는 붉은 여의주
흰 구름 사이로 불타오를 때
바다의 용은 잠잠한 물길에
폭풍을 일으켜 홍콩의 아침을 가른다

저마다 샘솟는 의기를 가진 용들이
천지를 진동시킬 함성 속에
몸을 이리저리 내 저으면
기다란 용의 꼬리는 수리의 바닷길에
그 자취를 드리운다

수만 개의 옥구슬이 하늘 끝까지 튀어 올라
땅으로 떨어져 부서질 때면
수십 개의 노는 한 몸 되어
그 기나긴 여정의 끝을 향해
그 불길을 내뿜는다

북에서 나는 울림의 소리가
더욱 바다 깊숙이 파고들 때면
수십 명의 사람들 입에선
어느새 승리의 입김이 더욱 붉게 빛 발한다

노 젓는 사람들의 눈엔 불꽃이 이글거리고
팔에선 피땀이 흘러내릴 때
바다의 용은 별안간 승천하여
바다는 어느 때처럼 포근한 어미의 품으로 돌아간다

홍콩의 앞바다에서 벌어진 용선 축제는
홍콩의 꺼지지 않는 야경처럼
어느새 사람들의 가슴 속에
불타오르는 여의주를 심어다 준다

사람들의 손에선 자그마한 소망이
바다로 던져지고
강렬한 햇볕에 바다는 광택으로 맞이하니
그 광명은 굴원*의 혼이 홍콩의 바다 어딘가에
너울거리는 것은 아닌가

*굴원(屈原, BC 343?~BC 278?): 중국 전국시대의 정치가이자 비극시
인. 학식이 뛰어나 초나라 회왕(懷王)의 좌도(左徒:左相)의 중책을 맡아,
내정·외교에서 활약하기도 했다. 작품은 한부(漢賦)에 영향을 주었고,
문학사에서 뿐만 아니라 오늘날에도 높이 평가된다. 주요 작품에는 「어
부사(漁父辭)」 등이 있다.

네 품 안의 보석

너의 품 안에는 무지갯빛을 띤 보석이 하나 있단다
다이아몬드의 영롱함을 닮은 보석
너의 몸속에 깃들어 있으나 자신의 모습은
끝내 감추어 쉬이 보이지 않는 그러한 보석
다이아몬드가 자주 그 찬란함을 바깥에 내보이고
과시할 적에 그 힘이 배가 된다면
그것은 품 안에서 넌지시 가공하고 다듬을 때에
그 힘이 발현된다는 차이가 있단다
또 하나의 특징이라면 그러한 고심과 행위 속에
그 빛깔은 더욱 여물어 산의 울창한 수풀처럼
너의 마음을 푸근하게 감싸다 줄 것이다
하지만 보석이라는 건 소지함에 그 기쁨은 홀연히 사라지
고 시들기 마련이지
너 또한 그것을 간혹 들추어서 사라져 버렸으면 좋겠다고
소리칠 때도 있을 거야
그럴수록 넌 그것을 더욱 보호하고 매만져야 한단다
왜냐하면 그것은 너에게 단 하나뿐인 소중한 보석이기 때
문이지

비무장지대

반세기가 넘도록 붉은 피가 흐르는 이곳
지구가 반쪽으로 쪼개지고
철마는 깊은 겨울잠에 든 이 땅
포탄과 굉음으로 멍들고 헐어버린 산과 들은
지친 육신과 비린 혈흔을 거름 삼아
한 떨기의 꽃으로 피어나는 이 터전
외롭고 고달픈 대지를 위하여
밤하늘의 별들과 보름달이 어둠을 밝히는 시각
철마는 노래한다
총과 철모를 벗어둔 채
손잡고서 승리에 나팔을 울리며 춤추는 그날까지
철마는 달려야 한다
백두부터 한라까지 온 국토 화려강산
평화의 깃발 흩날리는 그날까지
철마는 이어져야 한다
구름 위를 자유롭게 나는 봉황의 울음소리
맑고 아름답게 그득히 우주로 뻗어가는 그날까지

경포대 로망스

잘 가거라
서서히 저무는
새벽녘 해변가에 떠오르던
내 가슴속 뜨거웠던 사랑아

점점 흐려져 가는구나
드넓은 호수에 심어놓았던
두둥실 황금빛 정열이

잘 있으라
창공에서 유유히 노닐던
한줄기 맑고 고운 가락들아

말없이 시들어 가는구나
시원한 바닷바람 실어 불어오던
푸르고 은은한 향취여

우리 또다시 만나려나
누각에 올라 술 한잔 기울이면
별천지 꿈속에서나

잘 가거라, 잘 있으라
길 지나다 우연히 또 만나게 되거든
우리 길가에 핀 안개꽃으로나 기억되려나

정동진역

역의 지붕 위로 갈매기 한 마리 날아들고
아담하고 한적한 역의 정문에선
해와 달이 서로 바삐 오가기를 반복한다
창문을 통해 비쳐오는 햇살 사이로는
옥수수 알갱이가 구수한 냄새를 풍기며 쏟아진다
푸른 숲이 전하는 바람보다 푸른 바다의 파도 소리가
먼저 새 아침을 깨우는 이곳 정동진
기적소리 울리며 기차가 적막한 철길로 들어서면
해변의 망망한 바닷길 또한 구름 하늘을 달린다
짭조름한 바다 냄새 풍기며 정문이 열린다
역으로 쏟아지는 오징어와 명태들에 약동적 춤사위
그 맑은 눈망울에선
동해의 아침 해가 반짝이며 번뜩거리고 있다

성덕대왕신종

고요한 아침 산사에서 축복의 나팔 울리나니
우주 국토와 하늘과 땅으로 스미어 온
이름 모를 아픔과 슬픔들은
때 묻지 않아 하얗고 보드라운 살결 피어나는
여기 한 송이의 연꽃 속에 담그리라

천상 쇠말뚝에 묶인 향기로운 아지랑이
세월 속에 더욱더 길게 늘어지고
맑게 흐르며 퍼지는 신전의 구름들과
수천 년을 엉키나니
마침내 빛깔 고운 천상의 소리에 그 자태 비추네

검은 구름밭엔 옛적 아름답고도 아른한 여인의 허파가
여전히 숨 쉬고 끊임없이 고동치나니
넓은 들판 지하를 넘어
천상의 일주문까지 그 아련한 소리 퍼지는 듯

하늘의 깊은 세계 들려줄 듯 넓은 마디로 자라난 대나무는
여린 종의 고개 높이 쳐들어 하늘과 땅으로부터 이어준다네
가늘게 높이 들린 목젖에는
천상의 온갖 신비로운 소리 담겨 있고

젊은 여인이 살짝 들어 올린 고운 치마폭엔
강산이 노닐고 바다가 물결치나니

토함산의 봉우리 억척스러운 핏줄은
변함없이 구름 갈라 하늘 바라보고
동녘의 바다는 거센 물보라 일으키며
사나운 땅을 향해 가뿐 몸을 일으키네

성스럽고 영광 깃든 도시에서
새들이 부푼 가슴에 울지 않고
짐승들이 둥근 달빛 속에 길 헤매지 않으며
상스러운 풀과 꽃들이 연못에서 잔잔히 몸을 누일 때

수천 년의 세월 속에 자리 지킨 구름 칙사
창백해진 얼굴과 물러진 큰 이빨로 종을 매어달고
흘러내린 핏물이 황금 이슬 되어 종에 스며든 모습
이젠 더 이상 볼 수 없으리
이젠 더 이상 외로운 가슴 달랠 일 없으리
이젠 더 이상 종소리 들을 수 없으리

맑은 종소리 찾아 먼 길 헤맨 그대여

이젠 종을 구하지도 찾지도 말지니
과거 한 번의 영광에 울림 속에 남은 떨림이
우리의 가슴과 영혼 속에서 살아나 울리려니

아궁이

좁은 아궁이에
검은 때 한 움큼 쥐고 와
불을 지핀다
아픈 상처는 찢어 뭉개 조각내고
너와 나 서로를 부둥키며 슬피 울자
통로 사이로 겨울이 지나가고 돌풍이 불어온다
이 정도의 열기로는 어림없다
그렇다면 눈물조차 얼어버린 이 공간에서
너와 나 땔감 한 다발을 한가득 끌어안고
횃불 되어 타오르자
그리고 달아오른 열기를 들이마시기 위해
우리 모두 굴뚝이 되자
한참이 지나서야 시뿌연 연기 피어오르면
그제야 가슴이 벅차오르고
그을린 상처들도 휘감는다
거짓이 아닌 온기로 전하는 이곳에서
너와 나 우리
둘도 아닌 하나가 되어야 한다
그리고 아픔과 증오가 아닌 사랑이 되어야 한다

뿔

푸른 들판과 넘실되며 흐르다 굳어버린 굴곡진 언덕 한가운데
끝없이 거듭되는 행진과 행진 속에 정복한 이 땅
모진 바람 불어오나 제일 높은 곳 신과 맞닿아 위치한
흉터로 얼룩진 영광의 전승비

오랜 깃발의 펄럭임과 나팔의 울림에서도
그 혈기와 박차의 굴레는 멈추는 법 없이 구르니
거대한 자연의 힘이 샘솟는 한 방울의 이슬
디오니소스의 거친 손길과 헌신이 만들어낸 걸작

모든 위대한 것들은 그 모습 쉬이 보이지 않고 변치 않으니
무겁고 두꺼운 철갑 속에 여인의 새하얀 스커트 펄럭이고
초록의 푸른 이끼 새록새록 솟아나며 춤추는 이 광경이 진
실한 모습이어라

우리는 본디 죽은 거목이 아닌
살아서 이리저리 나부끼며 점점 자라나는 영예이니
허리를 꺾는 돌담과 누런 모래알 속에서
그 모습 변치 않게 날마다 새로이 우뚝 솟아나
매서운 비바람에도 꺾이지 않을 표장을 꽂으리라

4
자유의 노래

가끔은 채우고 더하기보다
줄이고 덜어 보고 싶다
머나먼 여정을
새의 가벼운 깃털처럼
바람 따라 사뿐히
강물처럼 도도히
걸어 보고 싶다

고뇌

비바람을 경험한 뒤에야
강고하고 높게 성장하고
따사로운 햇볕을 맞이하고 나서야
넓게 가지를 펼치듯

우리의 삶과 인생 또한
아픔과 고심을 통해
진정 성숙해지고
눈물과 과오를 맛보며
더욱더 밝아집니다

목청껏 울어서
산과 들을
평안케 하는
작은 새들의 수고로움처럼

회피하고 숨겨 두었던 마음속의
응어리진 생각과 감정들을
들여다보고 토닥여보세요
자식을 사랑하는 부모님의 심정처럼요

포옹

그대가 가장 잘 아는 친구가
당신 옆에서
기쁨을 논하든 슬픔을 논하든
어느 한 시기에는
백 마디 말과 긴 문장의 편지보다도
친구의 가슴을 향한
든든한 포옹 한 번이
더욱더 절실한
그런 순간이 있다

그대의 귀여운 아들과 딸들이
당신 곁에서
삶에 대해 눈 뜨고 익히고 배워갈 때에
가끔은
사랑과 격려의 여러 감정과 표현들보다도
아이들의 가슴에 전하는
말 없는 한 번의 포옹이
삶의 길라잡이가 되고
큰 힘이 된다

그대가 아끼는 그 사람이

당신과 함께
사랑을 알아가고 그 순간을 소중히 여길 때에
진실로
진귀한 보석과 꽃다발이 아닌
그 사람의 가슴으로 느끼는
따뜻한 포옹 한 번이
사랑은 계절에 구애됨이 없이 피어나는 꽃임을
사랑 그 자체를 대변하고 증명한다

포옹으로 우리는 하나가 될 수 있다

상흔(傷痕)

조용한 시골 마을
사람들 왕래가 잦은 길가에 위치한
한 초가 마루에
한 할머니가 앉아계시네

"여보게
우리 철남이 보았는가?"

"집에서 나간 지가 벌써 몇 해가 지났는디
이 옆에 앉아서 재롱떨고 밤낮으로 문안하던
우리 철남이
어디 살아있는가 아는 사람 있걸랑 말해나 보시오?"

"어찌 된 일인가 하모"

"이 놈이 어느 날
학교에 댕겨오더니 가방은 홀라당 던져 냅비고
할미야 나라에 난리가 났다고
그래서 나라 구하로 가야 뒹께
할미 며칠만 기다려 보랐고
금방 갔다 올킹께

나 보고 싶어도
밥 삼씨 세끼 잘 잡수시고 계시라고 허고는
잽싸게 날라 버리당께"

"음력으로 오늘이 우리 철남이 생일인디
이놈이 오늘 오나 내일 오나 기다리믄서
흰쌀밥에 미역국 끓이고
그놈 좋아하던 자반 고기 구워 놓고
언제 오나 하믄서
이렇게 왼종일 기다리고 있는 거 아니겄소"

"철남이 이놈이
어제도 내 꿈속에 불쑥 나타나드만
할미야 나 왔어 하는 거 아닌교
지금도 그놈 옷가지캉 쓰던 책상 보고 있으모
이게 꿈인지 생시인지 헷갈링당께"

"관부에 나랏님들 싸움에
이 천한 것이 이렇다 저렇다 헐 말은 아니어도
이제 전쟁은 하지 말았으믄 좋겄소
그거 해 갖고 좋을게 뭣이여?

왠만하믄 저것이 막돼먹게 꼴값 떨고 밉보이도
시간 지나고 세월 흘러보면 별것도 아니여
같이 알콩달콩 살라믄 좀 손해 보더라도
내 밥 한 숟깔 덜어주는 게 사람 사는 인정 아니겄소?"

"우리 철남이 말고도 이 부락 안에
그리 가서 돌아온 아들이 반도 채 안된당께
젊은 아들이 다 마을을 떠낭께
나 같이 늙은 몸은 가을 추수하랴 밭일하랴
어찌 혼자서 이 많은 걸 감당 하겄소?
이 촌에도 그런데 저기 읍내나 서울 같은 도회지는 오죽 하겄소?
이리 되믄 우리나라도 그렇고 서로 손해 아니요라?"

"그나저나 지나가던 사람들이 이제 전쟁 끝났다 카더만
이놈은 객지로 돈 벌로 갔는가 오지를 않소?
이놈이 밥은 잘 묵고 다니는가 모르겠네
내 저승 가기 전에
우리 철남이 얼굴 꼭 한번 보고 손잡아 보고 죽는 게 소원인디"

......

"이보시오 도회지 양반
한 가지 부탁해도 될란가?
집으로 돌아가믄
거기는 라디오도 많고 사람도 많이 산다 카드만
혹시나 우리 철남이 닮거나 아는 사람 보거덜랑
여기서 할미 애타게 기다리고 있다고
잽싸게 집으로 돌아오라고 말 좀 전해 주시오"

눈물샘도 말라버린 할머니는 머지않아
노곤하셨는지 마루에 누워 잠을 청하시네
하늘은 구름 한 점 없이 파랗고 바람도 따뜻한데
저 멀리 오솔길과 가로수는
말없이 한적하기만 하네

화

분노와 증오 미움과 시기라는 것은
도망가고 뛰어가면
사납게 짖고 달려드는
들개와 같다

정신을 집중한 채
그것을 유심히 들여다보고 관찰해 보자
거친 외양이 아닌 보드라운 속 알맹이를
들여다본다는 마음으로

한 걸음 두 걸음
재빠르게 내딛던 발걸음을 잠시 멈추고
숨을 돌려 보자

기도를 드리든
정원과 호수를 산책하든
음악을 듣고 악기를 다루든
들개를 길들이는
나만의 방법을 터득하자

더욱이 들개에 짖어본들

시간은 좀 먹고
흙탕물은 번져만 간다

들개에게 주어야 할 것은
모욕과 독설이라는 경직된 돌멩이가 아닌
화해와 경청이라는 유연한 먹이이다

오늘

오늘을 산다는 건
해변이 보이는 높고 고적한 언덕길을 외로이 오르는
고단한 발걸음의 연속
그 무엇을 향한 머무름 없는 자발적 이끌림

날마다 새로이 깨끗한 빛깔로 치장하고 단장하듯
다이아몬드의 영롱함이 탄생한 바로 그날
거센 풍파와 맹렬히 쏟아지는 호우의 거듭됨 속에
은빛 물결 감도는 파란 사파이어의 들녘이 여물어 가는 광
경이 펼쳐진 그곳

당신이 해맑은 대낮을 걷든 어두운 밤길을 걷든
오랜 역사의 향내가 깃든 책장을 살피든 희미한 기억 속에
생각을 들추어 보든
조용한 잔디 풀밭에 앉아서 앞날을 주시하든 신통한 주술
로 미래를 예견하든
지나칠 수밖에 없는 돌이킬 수 없는 집요하게 마주치게 될
숙명과 같은 영역이자 세계

오늘이 그랬고 그다음 오늘이 그랬듯
더 이상은 멈추지 말자

당신이 가장 소중히 여기고 중요하게 생각하는 것들에 관하여
시간이 초를 헤아리는 동안에

봄철에 햇살이 감도는 풍경 위에서
마냥 낭만에 젖어 있기에는 그대에게 아직 할 일이 너무 많다
지금 바로 이 순간
사랑을 전하고 행복을 통하고 꿈을 키우자
단 한 번뿐인 오늘을 살아갈 당신 자신의 힘으로

어머니

그가 있었기에
세상과 역사는 창조되었으며
자연과 예술을 노래하게 되었다

그를 통해 믿게 되었다
추위와 우울한 그늘로부터
태양과 햇살은 그리 멀리 있지 않음을

영원이란 단어를 배웠다
친구의 배반을 견디고 비극적인 로맨스의 종말을 겪는 동
안에도
변화하고 조건적인 수많은 것들 속에서 무한한 것이 생동
하고 있음을
그를 통하여

내가 진정 할 일을 찾았다
그가 밟으며 내딛는 자취와 뒷모습을 바라보며
그의 따스한 품 안에서 잠을 청하며 자장가를 듣던 그 순간부터
언제나 사랑해야 함을

관계

파도가 울렁이고 바람은 세차게 몰아친다
마음이라는 그대의 공간 안에서 일어나는 일들이다
분노와 미움 앙갚음이라는 악천후에 벗어날 수 있는 길은
용서와 관용이다
그대의 마음이 평온과 안정을 되찾기 위해서라도
그 길은 당신이 걷이에 알맞은 최선의 길이다

하나의 씨앗이 꽃을 피우기 위해서는 해와 구름의 정성이
필요하다
명망과 칭송을 얻는 비법은 무엇인가
남에게 무엇을 구하고 원하기에 앞서서
먼저 자신의 것을 내 보이고 베푸는 것들이다
누군가 그대의 화를 돋우어도 성급히 행동하지 말자
그것이 마음의 인덕을 닦는 길이다

밤하늘에 달빛이 푸르게 호수 위에 떠다 반짝이고 있다
당신이 누군가를 향하여 불신하고 의심하고 험담하는 일들도
마찬가지로 그대 안의 자신과 마주하는 또 다른 단면을 발
견하고 보는 것과 같다
가급적 상대방의 입장에서 생각해 보고 좋은 부분과 배울
점들을 찾고 자각하자

상대방의 허물을 벗기는 일보다 자신의 허물을 벗는 일이
더 쉽다
이처럼 남을 변화시키기보다 자신이 변하는 것이 더 나은
일이다

산이 아름답고 경이로운 것은 외양이 듬직하고도 선이 수
려해서가 아니다
그 안에 담긴 나무와 꽃 작은 벌레와 새처럼 가지가지 동식
물들이
산의 내부를 덮고 그 생명들이 살아 숨 쉬고 있기 때문이다
이처럼 진실한 관계에서 완벽함과 매끈함 총명함은 그리
중요하지 않다
오히려 솔직함과 겸손함 성실한 태도처럼 바른 성품과 식
견이 사람을 부르고 감동을 준다

소나무 숲길을 걸으면 솔향기가 바람에 날리듯
오물 가를 걸으면 악취가 그대 몸에 스며든다
사람 간의 만남 또한 자신을 변화 시키고 이끄는 중대 요소
이다
누구를 만나고 교우하든 관계에서 생기고 일어날 수 있는
나쁜 습관과 사고들을 항상 경계하고 분별심을 가지자

봄 들녘에서 일하는 농부처럼
마음이라는 우주 속에 새싹 하나를 키워 보자
그대가 진정한 리더나 마음의 주인이 되고 싶다면
권명부(권력, 명예, 부귀)만으로는 정상에 우뚝 설 수 없다
바로 덕행이라는 두 글자가 성립되지 않는다면 말이다
덕을 쌓는 것은 금고의 억만금 재물과 은폐한 비자금보다도
가치 있고 보람된 불멸의 광석이다

밤하늘의 별자리를 선으로 연결하면
하나의 완성된 형체가 보이듯이
그대가 원하든 원하지 않든
그대의 삶도 타인의 삶도
하나로 서로 서로가 연결되어 있다
우리는 결코 두 개가 아닌 것이다

노병

벌레들의 무곡이 울리고
향긋한 이파리에서 풍기어 오는
청춘의 냄새가 감도는
이곳은 한국전쟁 참전 UN기념공원
때마침 그곳에서
말끔히 정장을 차려입은
파란 눈동자를 가진 한 노인을 보게 되었지
그의 발걸음이 한참을 머문 곳은
말끔하게 단장된 비석 하나
두 눈 지그시 감은
백발의 노병은
태양에 빛나는 검은 오석처럼
캄캄하고 엄숙하네
그의 가슴에 달린 수많은 공적들은
태양 아래 더욱 눈부시고
멀리서 들려오는 풀잎 소리는
슬픈 발라드가 녹아나듯 구슬프네
남으로는 울창한 수풀이 감싸고
북으로는 층층이 마천루가 솟아있는
서로는 어린아이들의 웃음소리가
동으로는 새들이 노래하는

이곳 UN전쟁기념공원은
작은 철쭉들이
못다 핀 청춘을 서로 시샘하듯
싹 틔우기 바쁘네

아들에게 부치는 편지

무엇이 더 맑은가 묻지를 말라
바다와 양심

무엇이 더 빠르나 느끼지 말라
바람과 탐냄

무엇이 더 아름다울지 보지를 말라
일출과 관심

무엇이 더 따뜻한지 찾지를 말라
촛불과 용기

무엇이 더 푸를까 생각 말라
산림과 평화

무엇이 더 메마른지 걷지를 마라
사막과 악함

무엇이 더 높이 날아오르나 재지를 마라
독수리와 꿈

자살

더없이 슬픈 눈으로 눈물 잔을 삼키는 영혼을
누가 낭떠러지로 내몰았는가
자기 자신인가 아니면 타인인가
그 해답은 중요치 않다
우리에 인생이란
준비되지 않은 한 편의 연극과 같은 것
어느 누구의 길에서나 움푹 파인 흙길을 만날 수 있고
험하고 거친 높은 장애물과 거대한 암벽을 발견할 수가 있다
삶은 외롭고도 고달픈 것
하지만 이 모든 것이 전부라고 생각한다면
당신의 착각에 불과하다
온갖 압박과 장애 그리고 시련 속에서
곱고 영롱한 진주 한 알을 품게 되는 조개처럼
앞으로 당신의 삶에는
나팔 울리는 축제의 길이 놓여 있고
때를 기다리는 영광의 빛이 초바늘을 헤아리고 있다
설사 짙은 안개와 어둠에 가리어져 희미해진다 하더라도
진정한 가치와 만족 기쁨과 안정은
풍향을 조절할 수 있는 유일한 돛인
자신의 내면에 깃들어 있다
오르기 가쁘고 벅차다 하여

들뜬 가슴을 펼치기도 전에
중간에서 다시 발길을 돌리려 하는가
다시 한 번 힘내어 정진해 보라
삶의 악보에 아름다움과 감사의 노래를 쓰고 다시 흥얼거려
보라
이 길의 주인공은 옆을 스치고 지나가는 타인이 아닌 바로
당신
당신을 위해 짜이고 만들어진 각본 된 길이매
자기 자신 스스로의 힘으로 정상에 우뚝 서 보라
손목을 긋는 것은 고통스럽다
도로의 복판은 참혹하다
약은 속이 거북하다
불과 물은 괴롭다
로프와 총기는 되돌릴 수 없다
당신이 가진 어떤 이유와 상태가
그 누군가에게는 간절히 바라던
하나의 소망이자 삶의 원동력일 뿐이다
마음이 침울하고 울적할 때일수록
인생의 오아시스를 향해 한껏 날개를 펼쳐라
더 깊이 참된 인생을 관조할 수 있는 반석으로 삼아라
당신이 살아있는 세상은

아직도 살만하다
충분히 가치가 있다
아직 다다르지 못 했을 뿐
당신이 그 어디에 서 있든지
아름답고도 눈부신 광경을 목격할 수가 있다
눈을 크게 떠라
그러니 살아라, 부디 살아가라

아귀

아귀 지옥의
사나운 귀신처럼
괴상하게 생겼다 하여
붙여진 그 이름 아귀

옛 어른들은
그물에 걸렸어도
액이라 하며
도로 버렸다던
몸의 절반이 입이라는
그런 물고기

무릇
입은 다 물어야 한다
마지막 순간까지도

입을 벌리고
모든 것을 삼킬 듯한
그 입에선
종말이 번뜩이며 걸려있다

한 자 한 치라도
줄이고 버려야 한다

보라
뱃속과 내장에 한 가득한
전리품과 부산물의
허망한 결말을

먹어 보자
아귀가 남기고 떠난
탱글탱글하고 쫄깃한 살집을

아귀는
정말 욕심이 많았나 보다
여느 물고기와는 다른
독특한 식감으로
이렇게 인기가 많은 걸 보면

축복의 화살

아들아, 너도 점점 성장해가면서
앞에 놓인 비포장길을 한 걸음씩 내딛게 될 거란다
그건 누구나 언젠가는 무릇 넘어가야 될 길이지
눈을 크게 뜨고 한번 주위를 유심히 들여다보거라
너의 눈에는 어떤 것이 보이는지 말이야
수평선 너머로 떠오르는 붉은 빛줄기가 보이니
푸른 속살을 내비치는 바다도 보이겠지
마을을 감싸 앉은 동쪽 산 끝자락에 저 등대도 보이느냐
형형색색으로 아치를 그리고 선 무지개도 보이고
조금 더 멀리 바라다보면 네가 읽던 동화 속 왕국처럼
신비한 섬들도 보이게 될 거란다
너의 젊고 맑은 눈에는 그 외에도 무수한 것들이 보일 거야
너의 삶도 이와 마찬가지란다
그 속에서 무수한 것들을 보고 경험하고 이해하게 되겠지
이것만은 꼭 명심하거라
너의 앞길이 항상 쾌청한 날씨처럼 밝지마는 않다는 현실
말이야
말 못할 시련과 절망이라는 험난한 풍랑도 겪게 될 것이고
걱정과 두려움이라는 어둠과 황야도 만나게 되겠지
하지만 또 하나 명심할 것이 있단다
그 순간이 너에게는 기회와 전환점이 되리라는 것 말이야

겨울을 이겨내고 만개한 노란 개나리처럼

그렇다고 그걸 누구나 볼 수 있는 것은 아니란다
많은 사람들이 금맥을 찾다 눈이 멀게 되었지
나 또한 예전에는 보지 못했단다
아들아, 에덴동산과 지옥문은 따로 있는 것이 아니란다
네 마음의 붓 끝으로 그려낸
한 장의 화폭이 바로 너의 삶이란다
항구로 돌아오는 저 배를 보거라
고통과 아픔 속에 헐떡이는 물고기가 아닌
기쁨과 만족에 가득 찬 어부의 얼굴처럼
네 삶의 기호에도 축복의 화살이 날아들도록 하거라

인디언의 편지

그대들에 종교와 명예 그리고 국가가 너무나 중요하듯이
선조 대대로 내려오는 우리의 오랜 관례와 인습 그리고 토
착 신앙 또한
그 무엇과도 비견될 수 없을 만큼 중요한 것입니다
우리와 한 피를 가진 형제여

그대들이 가진 독특한 세계와 훌륭한 문화가 있듯이
지금 우리가 살아가고 있는 초원과 강의 물결 신선한 공기
들에도
우리가 흘린 땀과 손길 그리고 영혼이 때 묻고 물들어 있는
이루 말할 수 없는 소중한 보배들입니다
우리의 오랜 친구여

그대들이 아끼고 사랑하는 범선과 가축들, 황금이 소중하
고 중요하듯이
우리 들판에서 노니는 들소와 노래하는 새 작은 미물과 청
명한 풍경들
이 모든 것이 우리의 한 부분이자 한 뿌리라는 것을 잊지 말
기를 바랍니다
우리의 반가운 나그네여

그대들 내부에도 길을 찾아 탐구하는 성스러운 지혜와 심장이 뛰고 있듯이
우리에게도 선의와 우정 자연에 대한 사랑과 우리를 있게 만드는 것들에 대한 감사처럼
거룩한 성령과 평화롭고 행복하게 이 땅에 살아가야 할 당신들의 아이들이
이곳에도 존재하고 있다는 사실을 잊지 말고 명심하기를 바랍니다
같은 햇살 쪼이며 함께 길을 걸어갈 그대와 우리의 아이들이여

히아신스

참으로 나의 길은
사랑뿐이었음을
이제야 알겠습니다
외로움 밤 창가에 비쳐오는 별들도
그 사실을 알고 있을 것입니다
푸른 호수에선 산이 잠들고
가지의 잎새가 춤을 추는 것도
바로 그런 이유일 것입니다
하얀 백지에 써내려간 수많은 낱말과 글귀도
아침 햇살에 지저귀는 새의 노랫소리도
모두가 하나의 점입니다
사랑하는 사람만이 아름답습니다
인간은 고독한 영혼이기에
공허한 바다에서 해와 달이 떠오르듯
쓸쓸한 가슴에도
한 송이 사랑의 꽃을 피웁니다
사람들 가슴마다
새싹이 돋아나고 자라납니다
내가 걸어가야 할 길 또한 사랑뿐임을
이제야 알겠습니다

봉사

무관심에서 관심으로 고개를 돌리고
원망하는 것에서 감사의 의미를 발견하는 것
쾌감을 쫓기보다 작은 것에서 의미를 두는 것
도처의 우울함 속에서도 가까이 있는 행복을 찾는 것
자신도 모르게 세상으로부터 받았던 사랑들을
다시 세상을 향해 줄 수 있는 성숙한 사람이 되어 가는 것
이론이나 글귀에서 진리와 해답을 찾지 않고
제 손과 발로서 땅과 하늘에 선 하나를 남기고 떠나는 것

그것을 우리는 진정한 봉사라 부른다

손길

사람의 손이 그립다

비 갠 날이면
여리고 가녀린 손들 옹기종기 모여다
짙은 흙냄새를 풍기던 그 손 말이다

사람의 손이 그립다

바람 나부끼는 날이면
가슴속에 피어오른 점 하나를 찍어다
하늘에다 써 내려간 사랑한다던 그 손길 말이다

그대가 누군가를 향하여
따스한 햇살 속에서
손 등을 내밀어본 적이 언제인가

이제는 손을 돌려 손바닥을 내밀어 보라

전자파와 이기심의 흙탕물에 잠식되지 않은
참다운 손이라는 이름으로

그대의 손은 어디에 있는가

노년의 노래

노년이 당신께 찾아왔다면
반갑게 인사라도 나누고 차 한잔 내주세요
거센 비바람 걷어안고 헤쳐 가며
이 자리까지 오게 되신 손님이라면
당신께는 분명 불행이 아닌 행운이 찾아왔으니까요
따스한 봄날의 들꽃만이 생명이 살아 숨 쉬는 것은 아닙니다
당신의 틈새 어딘가에서 설렘과 열망 피어날 수 있다면
그곳이 삶의 출발점이자 시작이니까요
이제는 터질 듯한 허파와 쏜살같은 머리는
그만 내려놓으세요
대신, 드높은 마음 하나와 싱싱한 감정들로
몸을 두르고 무장하세요
그리고 발에 차인 수갑들도 풀어 던지세요
이제는 봄님을 만나 봬야 하니까요
당신께 해방이 찾아왔으니까요

자유의 노래

가끔은 채우고 더하기보다
줄이고 덜어 보고 싶다
머나먼 여정 길을
새의 가벼운 깃털처럼
바람 따라 사뿐히
강물처럼 도도히
걸어보고 싶다

가끔은 빨강과 파랑도 아닌
그냥 하얀 하늘이고 싶을 때가 있다
푸른 초목과 꽃도 좋지만
싱그러운 풀벌레와 나비도 아름답지만
그 주변을 유유히 흐르는
그런 물이 되고 싶을 때가 있다

무거운 새는 날지 못하고
철마는 온전히 달려야 한다
갈증은 해소되어야 하며
곪은 상처는 치유되어야 한다
생각 이전에 마음이어야 하고
사랑에도 거리가 필요하다